LOUIS CHALMETON

Académies de Clermont et du Gard

LA

REVANCHE

CLERMONT-FERRAND

DUCROS-PARIS, LIBRAIRE-ÉDITEUR

Rue Saint-Genès, 5

1872

Y

LA REVANCHE

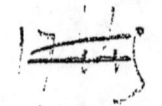

LOUIS CHALMETON

des Académies de Clermont et du Gard

REVANCHE

CLERMONT-FERRAND

DUCROS-PARIS, LIBRAIRE-ÉDITEUR

Rue Saint-Genès, 5

1872

A

Victor HUGO

LIGNES PRÉALABLES.

La *Revanche!* c'est-à-dire l'équilibre rétabli par l'intervention du *droit*, à l'encontre de la *force*.

Nous ne la comprenons pas autrement.

Depuis vingt ans, la France a été deux fois vaincue;

En 1851, par l'agression bonapartiste de décembre.

En 1870, par la réponse victorieusement brutale de la Prusse à la déclaration de guerre de l'empire affolé.

La Révolution du 4 septembre, en restaurant la République de 1851, a renoué la nouvelle tradition politique de notre pays et réparé la première de ses défaites.

Quant à la seconde, notre volonté suffira pour l'effacer, malgré les ruines qui nous entourent; mais il faut pour cela, refaire nos mœurs et entrer largement dans le progrès qui a fait le succès de nos voisins.

Par la forme républicaine qu'elle a adoptée, la France a déjà reconquis son droit abstractif à l'idée.

Grande force acquise dans le sens de ses revendications matérielles.

Immense levier par lequel notre pauvre vaincue, notre douloureuse mutilée, reconstituera certainement son fait historique et national, commencé par quelques-uns de ses rois (nous n'hésitons pas à l'écrire), continué et complété surtout, par notre Révolution qui n'a pas été seulement un mouvement français, mais encore une transformation humanitaire.

Les moyens de cette réédification se résument pour nous, en ceci :

Supprimer *en droit*, les obstacles qui s'opposent à la libre expansion des errements révolutionnaires de la France.

Nos désastres seront alors réparés et nos blessures guéries.

Notre revanche sera certaine.

Cette revanche est, en principe, désirée par tous ; mais les moyens de chacun varient à l'endroit de sa réalisation.

Plusieurs, le plus grand nombre peut-être, voudraient la tenter par les armes.

Nous ne la croyons possible que par *l'idée*.

En dépit des cris belliqueux qui retentissent ;

Malgré les dangereuses questions qui paraissent surgir de toutes parts en Europe, la guerre a, selon nous, fait son temps et à moins que les peuples ne se résolvent bénévolement au suicide, l'humanité doit repousser l'appel aux armes, procédé sanglant qui, inspiré par la folie, dirigé par le hasard n'aboutit jamais et ne conclut à rien.

L'histoire est là pour nous prouver l'inanité de la *force* séparée du *droit*.

En France donc et pour longtemps encore, bas les armes en apparence, mais ostensiblement haut *l'idée!*

Nous aurions pu, avant et sans la guerre, vaincre par elle.

Grâce à cette puissance irrésistible nous pourrons réagir sur le passé et transformer notre avenir.

Telle est la pensée exprimée par les vers que nous publions aujourd'hui et dont *Victor Hugo* a bien voulu accepter la dédicace.

« J'ai lu votre Revanche ; j'applaudis des deux mains! » a daigné nous écrire l'illustre poète.

L. C.

LA REVANCHE

Oui, nous sommes vaincus!... Oui, la France est punie,
Au mal qui la rongeait, la Prusse s'est unie!
Il nous avait déjà, cet homme, l'*Empereur*,
Ravi nos libertés ! *Bismark* nous prend l'honneur !
L'Allemagne triomphe, et notre vieille histoire
Semble ne plus avoir son prestige de gloire !
Cinq milliards, l'*Alsace* et la *Lorraine*, hélas !
Nous ont été volés ; nos héros, nos soldats,
Décimés par la faim, le froid et la mitraille,
Sont devenus l'engrais de nos champs de bataille !
Austerlitz et *Iéna*, *Wagram* et *Marengo*,
Tous les exploits fameux, tous les fiers *quos ego*,
Dont palpitaient nos cœurs et rayonnaient nos têtes,
Sont oubliés!... Après nos honteuses défaites,
Le dédain seul attend la France qui n'est plus
La grande nation !... Oui, nous sommes vaincus !
Eh bien ; après?...
                    Le front courbé dans la poussière,
Attendrons-nous, ainsi, la blessure dernière ?

Devons-nous seulement, ainsi qu'un vil troupeau,
Nous résigner aux coups de l'immonde couteau,
Dont l'Allemand vainqueur menace nos poitrines,
Rester dans notre honte et laisser nos ruines
S'amonceler?

    Non! non! La France, Dieu merci,
A souvent eu raison de temps comme ceux-ci.
La main de l'étranger, sur cette terre sainte,
A bien souvent laissé sa douloureuse empreinte ;
Les barbares du sud, ceux du septentrion,
Les tigres, les chacals, au superbe lion
Bien souvent ont paru donner le coup de grâce ;
Mais ce qu'a fait un jour, le jour suivant l'efface ;
Souffrir c'est vivre encor ! La pierre du tombeau
N'obéit pas toujours à l'œuvre du bourreau ;
L'héroïque vaincu triomphant s'y dérobe,
Et la nuit disparaît, et l'on voit naître l'aube
Qui, sur des temps nouveaux, dirigeant ses lueurs,
Annonce *la Revanche* et prédit les sauveurs !

Ils viendront! Ils viendront! J'en atteste l'histoire,
   Voyez donc nos tristes aïeux,
Conquis et dépouillés presque de territoire,
   Par les Anglais victorieux !

Les *Crécy*, les *Poitiers*, ces défaites immenses,
   Les couvrent d'ombres et de deuil ;
Azincourt vient briser toutes leurs espérances
   Et coucher la France au cercueil !

La peste et ses horreurs, les *Jacques* en délire,
Tout ce que la nature et l'homme ont de cruel,
Les fléaux de la terre et les fléaux du ciel,
Semblent se combiner pour faire leur martyre.

La démence d'un roi, les vices de sa cour,
Des princes désunis, une reine impudique......
... C'en est fait, c'en est fait de la chose publique !
O honte ! un prince anglais est roi de France un jour

Aux douleurs de ce grand désastre,
A ce déclin, à ce sommeil,
A ce triste coucher d'un astre,
Opposera-t-elle un réveil ?
Jettera-t-elle sur le monde
Notre histoire, en ombre féconde,
Enfin, un rayon glorieux ?
Y surgira-t-il une épée,
Assez virilement trempée,
Pour transfigurer l'épopée,
De nos lamentables aïeux ?

Oui !
Paraissez, fiers capitaines,
Du Guesclin, Xaintraille et *Dunois !*
Portez haut, à travers les plaines,
Le rouge (1) étendard de vos rois !
Venez tous : *Richemond, Lahire,*
Héros qu'enflamme le délire
Du fanatisme de l'honneur,
Et toi *Jehanne,* enfant céleste,
Prends ta bannière et fais le geste
Qui doit disperser ce qui reste
De l'Anglais, notre envahisseur !

(1) La couleur rouge était celle de l'Oriflamme.

Va, d'*Orléans*, auguste fille,
A *Beaugency*, vaincre *Talbot* ;
A *Compiègne* l'Anglais fourmille,
Que *Compiègne* soit son tombeau !
Ouvre ensuite à ton royal maître,
Les portes de *Reims* pour lui mettre
Une couronne sur le front ;
Tombe enfin, héroïne sainte,
Et sans proférer une plainte,
Va subir, sans peur et sans crainte,
Du bûcher, le sublime affront !

Charle est sauvé par toi ; l'infâme
Est ingrat jusqu'à l'impudeur !
Il te doit tout, vaillante femme,
Il te doit son trône et l'honneur,
Tu lui rends, intacts, à cet homme,
Ses fleurs de lys, son beau royaume,
Sa couronne, son étendard !
Et lui, ce *Charle*, un roi de France !
Ne trouve, en sa reconnaissance,
Qu'à te livrer, pour récompense,
Aux vengeances du *Léopard* !

II.

Mais, l'avenir est là, masqué, muet et sombre !
Pour lui, rien ne se perd ; il voit tomber dans l'ombre,
Pêle-mêle, confus, les hommes du passé ;
Hasard, diront les uns ; non, logique des choses,
Répondrai-je ; l'histoire a ses métempsycoses,
Travail lent, par lequel les siècles ont passé !

Les vices éclatants et les vertus obscures,
Les divines amours, les brutales luxures,
A ce transformateur sont soumis tour à tour ;
L'oppresseur, le bourreau, l'opprimé, la victime,
N'échappent pas, les uns, à la nuit de l'abîme ;
Les autres, triomphants, sont remis en plein jour !

Les rois ?... hélas ! pourquoi leur complaisante histoire,
Est-elle, ô vérité ! si souvent dérisoire ?
Les rois ?... plusieurs d'entre eux pourraient être exceptés ;
Mais, à propos de tel *Louis* ou de tel *Charle*,
Supposerais-tu bien, France, que l'on te parle
D'hommes qualifiés jadis de *majestés ?*

Ils auraient pu, les rois, amoindrir la misère,
Soulager les douleurs, aplanir le calvaire
  Du pauvre peuple, ce martyr !
Au lieu de le pousser à n'avoir d'âge en âge,
Que de la haine au cœur, pour maudire la page
  Qui consacre leur souvenir !

Ils auraient pu, les rois, s'inspirer de l'idée,
En répandre autour d'eux, la graine fécondée
  Par le ciel, pour l'humanité !
Au lieu d'avoir recours à la force brutale
Pour tâcher d'effacer l'échéance fatale,
  Assignée à la liberté !

Ils auraient pu, les rois, imprimer à la France,
Dans le chemin du droit et de l'indépendance,
  Une sage direction,
Au lieu de la jeter, furieuse, affolée,
Hors d'elle et rugissant, dans l'ardente mêlée
  Du fait : *La Révolution* !

Aussi bien, écoutez le bruit de la tempête !
Tout semble s'écrouler, et de la base au faîte,
Le présent disparaît, par l'orage emporté ;
Un géant inconnu se dresse, grave, sombre,
Muet, ayant au flanc, ses problèmes sans nombre,
Rédempteur, par la vie et la mort escorté !

La Révolution ! Certe, ils l'avaient prédite,
Les hommes de pensée et les esprits d'élite,
Les rêveurs absorbés par l'obscur avenir ;
Analystes fervents des effets et des causes,
Suivant les nations dans leurs métamorphoses,
Et sachant qu'à *ceci, cela* doit aboutir !

Mais les autres : la Cour, cette cohue immense
De privilégiés qui se croyaient la France,
Tous, fort charmants d'ailleurs, sceptiques et joyeux,
Aimant les vers coquets, les mouches et la poudre,
En dépit des lueurs lointaines de la foudre,
Ils couraient à l'abîme, un bandeau sur les yeux !

Pourtant, l'éclair un jour, contenait le tonnerre,
La Bastille croulait sous la main de *Santerre*,
    Le *vingt juin* outrageait le roi !
Le *dix août*, ajoutait le désastre à l'outrage
Et quand il la tourna, cette sanglante page,
    Le vieux monde pâlit d'effroi,

Car, il se vit perdu !... mais, la Cour alarmée
Avait, pour le défendre, une noblesse armée,
    Le peuple, lui, n'était, hélas !
Qu'un mélange confus de courage et d'idée ;
Sans armes et sans chefs ; par qui serait guidée
    Cette sainte foule aux combats ?

Nos pères le savaient ! une lutte suprême
Commençait, eux vainqueurs, c'était la perte même
      Définitive et sans espoir,
Des rois qui, sur Paris, dirigaient leurs colères ;
Ils jurèrent donc tous, ces défenseurs austères,
      De ne pas faillir au devoir !

    Un bruit se répand, le canon d'alarmes
    De sa grande voix l'affirme ; ô terreur !
    Chez nous l'ennemi pénètre en vainqueur,
    Pour le repousser, courons tous aux armes !

    Longwi s'est rendu, *Verdun* est tombé,
    Paris frémissant est pris de vertige,
    Et sans le grand mot, d'un homme-prodige,
    Sans ce mot, peut-être, il eût succombé !

    Paris terrassé, c'était notre France
    Recevant, hélas ! la loi du vainqueur,
    C'était, de *Brunswick*, l'aveugle insulteur,
    O nos fiers aïeux ! subir l'insolence !

    Mais, *Danton* veillait !... « Pour vaincre, dit-il,
    » Ceux qui sont là-bas ! ayons de l'audace,
    » De l'audace encore ! » Et Paris en masse,
    S'élance gaiement, bravant le péril !

    Aux mâles accents de la *Marseillaise*,
    Ils vont, ces héros, la France les suit ;
    La France, qu'hier, vêtissait la nuit,
    Aujourd'hui, devient la grande fournaise

    Dont les feux ardents, vous dévoreront,
    Despotes armés, tyrans de l'idée ;

Par la liberté la France est guidée,
Ses enfants viendront, verront et vaincront !

Car, ils ont compris, dans leur âme fière,
Qu'être fort, n'est pas seulement, avoir
Le nombre pour soi ; mais, que le devoir,
De tous les grands cœurs est l'auxiliaire !

Aussi bien, voyez ces vaillants soldats,
Ces préparateurs de l'ère nouvelle,
Ils courent mourir ou vaincre pour elle ;
Oh ! sous leurs haillons, ne semblent-ils pas

D'augustes démons, ces grands sans-culotte ;
Que *Brunswick* traitait d'immonde troupeau !
Sur le Rhin conquis, voyez leur drapeau,
Sur le Rhin français, voyez comme il flotte !

Paris est sauvé, la France avec lui,
A ses défenseurs tressant des couronnes,
Jure, à tout jamais, la chute des trônes.....
... Sainte liberté, ton grand jour a lui !

III.

O France ! ô mon pays ! victime expiatoire
De toutes les grandeurs dont rayonne l'histoire !
Ton peuple était, alors, le peuple souverain,
Et l'Europe, à tes pieds, pensant de ta pensée,
Marchait quand tu marchais ; humblement empressée,
Ainsi que le vassal qui suit un suzerain !

Oui !... mais, hélas ! après des jours de gloire immense,
Ton étoile pâlit, tu subis l'insolence

De tes vaincus d'hier, aujourd'hui tes vainqueurs,
Traînant dans leurs fourgons, des rois intérimaires,
Princes, livrés d'avance aux souffles populaires,
Et que le sort vouait à ..... d'augustes malheurs !

Deux révolutions éclatent !... Les couronnes,
Tout l'ancien oripeau, les sceptres et les trônes
Sont brisés, dispersés et tombent au néant !
Le prestige royal, à l'horizon s'efface,
Emporté par le vent, qui vient mettre à sa place,
Les mots : *Droits et devoirs* du peuple, ce géant !

L'occasion était superbe,
Quel magnifique lendemain ?
Moisson divine ! quelle gerbe
De bienfaits, pour le genre humain !
Tu n'avais qu'un geste à leur faire,
Et soudain, de l'Europe entière,
Tous les peuples venaient à toi ;
Tu n'avais qu'un mot à leur dire,
L'un de ceux que l'amour inspire,
Et ces peuples avec délire,
Acceptaient ce mot pour leur loi !

Ton sommet, ô ma France aimée !
Phare brillant de l'avenir,
Eclairait la pieuse armée
Qui s'avançait pour te servir ;
On la voyait, calme et sereine,
Pareille aux épis de la plaine
Que fait ondoyer un vent pur,
Se prosterner devant l'idée,
Par ton génie élucidée,

Que ton sang avait fécondée,
Et dont le triomphe était sûr !

Tout était prêt.: hommes et choses,
A l'horizon, pas un point noir ;
Pas la moindre épine à tes roses,
Pas de doutes à ton espoir !
Tu pouvais tout !... La République
Fière et sans peur ; mais, pacifique,
T'annexait le monde ! ô pourquoi ?
N'as-tu pas dit : « Je suis la France !
» Venez, je suis la Délivrance !
» De ma bouche sort l'Espérance,
» De mon cœur rayonne la Foi ! »

Elle ne l'a pas dit, parce qu'au loin, dans l'ombre,
Apparaissait, déjà, l'homme fatal et sombre
Qui devait, ô douleur ! la baillonner un jour !

Elle ne l'a pas dit, ce mot rempli d'amour,
Parce que les leçons austères de l'histoire
Ne lui profitant pas ; elle cherchait la gloire
Dans le passé douteux d'un sinistre étranger ;

Elle ne l'a pas dit, parce que le danger
Que semblait lui prédire un spectre imaginaire,
T'avait, peuple français, ô peuple triomphant !
Inspiré les terreurs dont frissonne l'enfant !

Elle ne l'a pas dit, parce qu'un nain farouche
A lâchement, la nuit, pour lui fermer la bouche,
Banni ses écrivains, traqué ses orateurs,
Employé les moyens de toutes les terreurs,

Fait garotter la loi qui le gênait, l'infâme !
Mettre une ombre à l'esprit, une sourdine à l'âme,
Un piége à tous les cœurs, un masque à tous les fronts,
Et, mêlant l'ironie aux plus sanglants affronts,
Dit, en la ramassant, sa honteuse couronne :
« La France, que je viens de sauver, me la donne ! »

Que tu viens de sauver ?... le mot, en vérité,
Est, ô libérateur ! digne d'être cité !
Donc, un poignard en main, sur Paris tu te rues ;
Tes séïdes gagés ensanglantent ses rues
Où rien n'est épargné ; les femmes, les enfants
Tombent, de toutes parts, sous leurs coups triomphants,
Et tu sauves Paris ?

                La province en délire,
Veut défendre le *droit* ! « La province conspire,
« Hors la loi les brigands, sus aux provocateurs ! »
Répètent, à l'envi, les honnêtes sauveurs,
Voulant, après Paris, *sauveter* la province ;...
... Qu'ils sauvent, en effet ;... à ta façon, car, prince,
Tu fais ce que tu dis, tu dis ce que tu fais !...
..... Sire, encore un grand mot : *L'Empire c'est la paix* !

La paix ! comment ? par qui ?... certe, il eût de l'audace,
France, l'homme qui vint ainsi, te dire en face,
Ce mensonge historique, éternel, effrayant,
Mensonge... Impérial !... que tu crus, cependant,
Pour ton malheur, hélas !
                Vois donc où nous en sommes
Après vingt ans de paix !... une hécatombe d'hommes,
Vingt milliards de moins, la honte, notre nom
Tellement compromis, qu'ils répondent tous : non !

Les peuples, nos voisins, quand nous leur disons : frères !
Paris incendié, ses brutales colères
Faisant saigner les cœurs, et remplissant les yeux
De larmes !
   A deux rois, (souvenir glorieux
Que, disons-le bien haut, se rappelle la France,)
Nous devions *Strasbourg*, *Metz*, nos lignes de défense,
Le *Rhin* avait, du moins, l'un de ses bords français !...
... Qu'a fait de tout cela, cet homme, avec sa *paix* ?
Notre honneur d'autrefois, notre nouvelle gloire
Ont passé, par ses mains, de façon dérisoire ;
Il a tout pollué, tout sali, tout flétri,
Lui régnant, la vertu n'est qu'un fleuve tari,
Et l'enfouissement de son empire immonde,
Livre notre pudeur aux sarcasmes du monde !...

Oui, nous sommes vaincus !... perdus ?... non, pas encor !
Le plomb vil d'aujourd'hui peut contenir de l'or,
Les défaites d'hier, se changer en victoire ;
Mais il faut, pour cela, transformer notre histoire ;
Oui, de notre passé, si nous le voulons bien,
Malgré son infâmie, il ne restera rien,
Pour fonder l'avenir, qu'un conseil salutaire !

La France, désormais, doit devenir austère,
Grave, sobre de mots emphatiques et creux,
Digne, et se préparer à des jours plus heureux,
Sans armes !... recueillie et calme dans sa haine !
A ce prix, *la revanche* est, pour elle, certaine ;
Mais, lui parler encor de gloire, de combats ?...
Inutiles moyens, ils n'aboutiraient pas ;
Rien ne peut là sauver aujourd'hui, que l'*Idée* !

Oui, la *Pucelle* était, par l'*Idéal* guidée !

Oui, *Xaintraille* et *Dunois*, *Lahire*, ces grands cœurs,

Quand ils chassaient l'Anglais, en devenaient vainqueurs,

Par l'*Idée* ! Ils croyaient !... oui, l'héroïque armée

Que *Danton* enfantait contre l'Europe armée

Avait son *Idéal* !... Elle croyait !... oui, tous,

Les uns, fils d'un passé, déjà si loin de nous,

Les autres, rayonnants au seuil de *notre* histoire

Ils croyaient !... nul ne peut se dispenser de croire !

Donc, ne commençons pas, de belliqueux apprêts ;

Ayons la foi, d'abord, et nous verrons après !

Après, nous combattrons s'il le faut !...

Mais, qu'est-elle,

La foi ? qu'est ce levier ? qu'est cette arme éternelle ?

Qu'est ce Mot-Légion ? cet appui ? ce soutien ?

Ce vainqueur toujours prêt ?... c'est l'Idéal du *bien*,

C'est l'Idéal du *beau*, c'est l'idéal du *juste* ;

Un peuple, avec la foi, devient un peuple auguste,

Il n'est, la foi de moins, qu'une foule sans nom !

Rien ne peut le sauver ! le fusil, le canon,

Les engins meurtriers que la science invente,

Ne sont, entre ses mains, qu'une force impuissante ;

En vain, il se dit grand, en vain il se dit fort ;

Passez, retournez-vous, ce peuple est déjà mort ;

Car la mort est toujours dans l'abus de la force !

Un homme, un demi-Dieu !... plus tard, *l'ogre de Corse*,

Avait, ainsi, livré sa fortune au néant ;

D'une main, il portait un empire géant,

De l'autre, il commandait à l'Europe vassale !...

... Peuples, entendez-vous sonner l'heure fatale ?...

Pour l'Allemagne, un jour, cette heure sonnera !
Idéal ! Idéal ! oui, ta force vaincra
Par son Expansion cette Prusse hautaine !
France, alors lève-toi ! *ta revanche* est certaine !

31 mars 1872.

Clermont-Ferrand, Typ. Ducros-Paris.

DU MÊME AUTEUR

POÉSIE.

Heures de loisir, un volume in-18.
Isolements, un volume in-18.
La Mission du Poète, une brochure in-18.
Pages d'Histoire,
Strophes et Sonnets, } une brochure in-18.
A ceux qui ont renié leur Mère, une brochure in-12.

THÉATRE.

Une bonne fortune, comédie en 2 actes et en vers.
Entre Mari et Femme, bluette en 1 acte et en vers.
La Carte de Visite, comédie en 3 actes et en vers.
Une ruse de Femme, comédie en 3 actes et en vers.
Qui se ressemble s'assemble, proverbe en 1 acte et en vers.
Il ne faut jamais dire fontaine..., proverbe en 1 acte et en vers.
Pour et Contre, prologue en 1 acte et en vers.
Il ne faut pas courir deux... veuves à la fois, comédie-proverbe
en un acte et en vers.

ÉCONOMIE.

De l'Unité économique et politique en Europe, brochure in-18.

Clermont-Ferrand, Typ. Ducros-Paris, rue St-Genès, 5.

www.ingramcontent.com/pod-product-compliance
Lightning Source LLC
Chambersburg PA
CBHW061632180626
46818CB00005B/2352